CATALOGUE

DES

OBJETS D'ART

ET DE

BEL AMEUBLEMENT

ÉPOQUE ET STYLES XVIIIᵉ SIÈCLE

Beau bureau avec cartonnier — Meubles d'encoignures
Vitrines — Tables — Bahuts en bois de luxe ornés de bronzes
Paire de jolis candélabres de Clodion
Beau lustre en bronze doré — Pendule au lion Louis XVI
Marbres — Terres cuites — Bronzes d'art et d'ameublement
Bijoux — Porcelaines — Faïences
Curiosités — Tableaux

SÉRIE DE CINQ BELLES TAPISSERIES LOUIS XIV

Tapisseries verdures — Tentures — Tapis

MOBILIER MODERNE

Meubles courants — Livres

Services de table — Batterie de cuisine — Porte-bouteilles

DONT LA VENTE AURA LIEU

Pour cause de départ

HOTEL DROUOT, SALLE Nᵒ 9

Les Jeudi 4, Vendredi 5 et Samedi 6 Juin 1885

A 2 HEURES

Mᵉ F. ALBINET	M. A. BLOCHE
COMMISSAIRE-PRISEUR	EXPERT
84, rue Maubeuge, 84	44, rue Laffitte, 44

EXPOSITION PUBLIQUE

Le Mercredi 3 Juin 1885

DE 1 HEURE 1/2 A 5 HEURES 1/2

CONDITIONS DE LA VENTE

Elle sera faite au comptant.

Les acquéreurs payeront en sus des enchères *cinq pour cent*, applicables aux frais.

L'exposition mettant le public à même de se rendre compte de l'état des objets, aucune réclamation ne sera admise une fois l'adjudication prononcée.

Paris. — Imp. de l'Art. E. Ménard et J. Augry
41, rue de la Victoire, 41

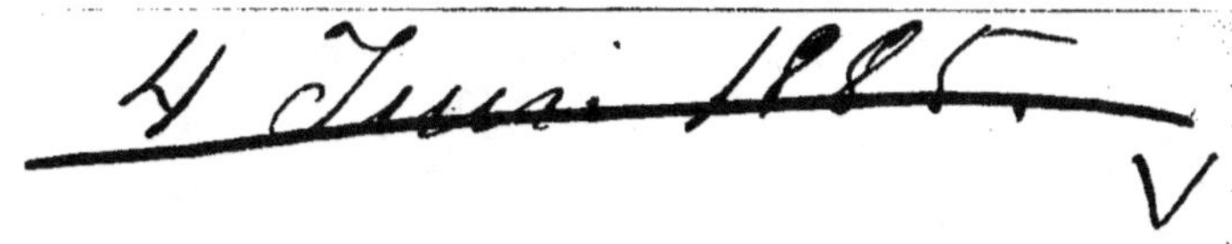

VENTE POUR CAUSE DE DÉPART

HOTEL DROUOT, SALLE N° 9

Les Jeudi 4, Vendredi 5 et Samedi 6 Juin 1885, à 2 heures

OBJETS D'ART

ET DE

BEL AMEUBLEMENT

Époque et styles du XVIII° siècle

GROUPE EN MARBRE DE FALGUIÈRE

Série de cinq jolies Tapisseries Louis XIV

MOBILIER MODERNE

TAPIS, TENTURES

M° F. ALBINET	M. A. BLOCHE
COMMISSAIRE-PRISEUR	EXPERT
81. rue Maubeuge. 81.	11. rue Laffitte, 11.

EXPOSITION PUBLIQUE

Le Mercredi 3 Juin 1885, de 1 h. 1/2 à 5 h. 1/2.

HOMO
ADDIT
NATVRÆ
IMPRIMERIE DEL ART

Désignation des Objets

TAPISSERIES

1 — Suite de cinq très belles tapisseries représentant des allégories mythologiques à petits
personnages en costumes Louis XIV gracieu-
sement groupés dans des parcs et des paysages
avec vues de fontaines et de monuments en
perspective, encadrées de jolies bordures
représentant des enchaînements de trophées,
de fleurs, de baldaquins et de rinceaux.

> 1. Haut., 2 m. 75 cent.; larg., 3 m. 10 cent.
> 2. Haut., 2 m. 75 cent.; larg., 2 m. 40 cent.
> 3. Haut., 2 m. 75 cent.; larg., 2 m. 45 cent.
> 4. Haut., 2 m. 75 cent.; larg., 2 m. 63 cent.
> 5. Haut., 2 m. 75 cent.; larg., 2 m. 10 cent.

2 — Tapisserie d'Aubusson, représentant un
parc avec vues de châteaux en perspective et

au premier plan un lac avec bateaux animé de volatiles. Bordure à fleurs et enroulements.

Haut., 2 m. 75 cent.; larg., 2 m. 65 cent.

3 — Tapisserie d'Aubusson formée de deux panneaux verdures : Paysages chinois avec volatiles. Bordures à fleurs et enroulements.

Haut., 2 m. 85 cent.; larg., 1 m. 95 cent.

4 — Tapisserie d'Aubusson représentant la Terrasse d'un parc baignant sur un cours d'eau avec bordures à fleurs et enroulements.

Haut., 2 m. 85 cent.; larg., 1 m. 75 cent.

5 — Deux morceaux de bordures à fleurs et enroulements en tapisserie.

OBJETS D'ART ET D'AMEUBLEMENT

6 — Très beau lustre en bronze ciselé et doré à huit lumières, formé de rinceaux avec mascarons et feuillages ciselés, cul-de-lampe à feuillages et pomme de pin. Style Louis XVI.

7 — Paire de beaux candélabres formés de figures de nymphes, attribués à Clodion, portant des bouquets de fleurs à trois lumières, montés sur fûts de colonnes en marbre blanc ornés de têtes de béliers, de guirlandes de lauriers et de feuilles d'acanthe, en bronze doré. Époque Louis XVI.

8 — Belle statuette en bronze : la Diane chasseresse, de *Houdon*.

9 — Paire de jolies cassolettes formées de vases en marbre vert de Syrie avec anses à têtes de sphinx et guirlandes de fleurs en bronze ciselé et doré. Époque Louis XVI.

10 — Grand et beau groupe en marbre blanc : *la Léda* de *Falguière*.

11 — Très beau bureau à quatre faces, forme à contours, accompagné d'un cartonnier en bois rose satiné, richement ornés de bronzes dorés formant encadrement, chutes et poignées à rocailles et enroulements. Style Louis XV.

12 — Fauteuil de bureau, forme à contours, en

bois naturel sculpté, couvert en cuir vert
garni de clous. Louis XV.

13 — Beau meuble d'encoignure s'ouvrant à deux
portes à façade cintrée, en bois de placage
orné de montants à rocailles, d'appliques, de
serrures et de sabots en bronze, avec dessus
en marbre brèche d'Alep. Style Louis XV.

14 — Grande et belle bibliothèque à trois corps en
bois sculpté, ornée de colonnettes détachées
et cannelées posées sur des consoles. Style
Louis XVI.

14 *bis* — Jolie table avec dessus à développement,
élevée sur sept pieds en noyer. Style Henri II.

15 — Très belle pendule en bronze ciselé et doré,
représentant le lion portant le mouvement,
surmontée d'un brûle-parfums enguirlandé de
lauriers, avec socle en marbre noir orné de
palmes, de festons de rubans et de rosaces en
bronze doré. Cadran signé: *Cronier, à Paris.*
Époque Louis XVI.

16 — Deux bras d'appliques à trois lumières en

bronze doré, style Louis XVI ; système à gaz.

17 — Petite table vide-poche, de forme surbaissée, en bois du Tonkin incrusté de burgau.

18 — Deux petits brûle-parfums, forme dite *pot pourri*, en porcelaine blanche de Saxe, décor à rehauts d'or.

19 — Porte-huilier en ancienne porcelaine de Sèvres, décor à fleurs, monté sur socle en bronze oxydé.

20 — Paire de beaux chenets en bronze poli, représentant des lions en furie sur des consoles. Style Louis XIV.

21 — Porte-pelle et pincettes avec accessoires en bronze poli. Style Louis XIV.

22 — Paire de lampes formées de vases en porcelaine de Chine avec anses à têtes d'éléphants, monture en bronze noirci et frotté.

23 — Deux bols avec soucoupes en porcelaine du Japon, décor polychrome.

24 — Deux embrasses en bronze poli, forme serpent.

25 — Petite servante, forme trèfle, en palissandre avec tablette d'entrejambes.

26 — Petit support octogone en palissandre avec tablette d'entrejambes.

27 — Beau meuble-casier, forme américaine, pivotant sur pied en chêne.

28 — Joli porte-carton en chêne sculpté rehaussé de filets d'or.

29 — Coffre-fort de Fichet, sous forme de chiffonnier, avec dessus en marbre blanc.

30 — Divan-lit couvert en étoffe orientale, dessins multicolores.

31 — Tabouret oriental orné d'incrustations de nacre et d'ivoire.

32 — Beau piano en palissandre de Pfeiffer.

33 — Très beau bureau cylindre en bois d'acajou, s'ouvrant dans le bas à trois tiroirs, formant commode, et dans le haut à deux battants décorés de sujets chinois en laque à
rehauts d'or, orné de bronzes dorés. Style
Louis XVI.

34 — Fauteuil de bureau en bois d'acajou avec
coussin de cuir.

35 — Joli secrétaire en bois d'acajou, décoré de
perspectives, de vues de monuments en ruine
et vases de fleurs en marqueterie de bois et
incrustations de burgau sur fond verdi, orné
d'encadrements, de montants et de rosaces en
bronze doré. Dessus en marbre brèche
d'Alep. Époque Louis XVI.

36 — Divan formant lit en serge rouge.

37 — Petite table octogone en noyer, dessus en
drap rouge.

38 — Deux fauteuils en panne et damas de laine
rouge, garnis de franges et passementeries.

39 — Papeterie en cuir.

40 — Beau meuble à deux corps s'ouvrant à deux
portes dans la partie basse et formant vitrine
dans le haut, en bois naturel sculpté, orné
d'encadrements et de moulures en bois noir
guilloché. Style Louis XIII.

41 — Belle vitrine à hauteur d'appui s'ouvrant à
trois battants, ornée de bronzes ciselés, avec
dessus en marbre rouge. Style Louis XV.

42 — Quatre escabeaux en bois sculpté. Style
Renaissance.

43 — Portemanteaux et parapluie en chêne.

44 — Glace avec cadre à fronton, en bois noir et
doré. Style Louis XIV.

45 — Statuette en marbre : Baigneuse, d'après
Canova.

46 — Joli lustre en cuivre poli à douze lumières.
Style Renaissance.

47 — Groupe en biscuit : Aigle et Nymphe, d'a-
près Falconet.

48 — Groupe en biscuit : le Centaure terrassé.

49 — Lampe liseuse, en métal nickelé, système à gaz.

5o — Deux chenets en bronze poli, surmontés de pommes de pin. Époque Louis XVI.

51 — Pelle, pincettes et plateau en cuivre poli. Style Louis XVI.

52 — Candélabre à bouillotte à trois branches en bronze doré. Époque Louis XVI.

53 — Lampe liseuse à deux branches en métal nickelé.

54 — Petite potiche de Chine, décor bleu sur blanc.

55 — Quatre petits bustes en marbre, représentant des empereurs romains. xviie siècle.

56 — Deux cruchons en grès moderne.

57 — Peinture sur marbre : la Vierge et l'Enfant, avec cadre en bois noir et cuivre gravé. Époque Louis XIII.

58 — Jolie table à jeu, forme à contours, en bois sculpté décoré de marqueterie à vases de fleurs et rinceaux, ornée de bronzes. Travail hollandais, époque Louis XV.

59 — Jolie petite table à ouvrage élevée sur quatre pieds contournés, en bois de placage marqueté, offrant des compartiments à l'intérieur, s'ouvrant à un tiroir sur le côté, ornée de montants et de sabots en bronze doré. Style Louis XV.

60 — Deux chaises en bois sculpté avec dessus en panne rouge et broderies d'Orient. Époque Louis XIV.

61 — Tabouret forme X, couvert en drap vert orné d'applications de peluche rouge.

62 — Support à étagère, forme carrée, en chêne sculpté, orné de colonnettes cannelées et rehaussé d'or. Style Louis XVI.

63 — Petite table avec filet d'entrejambes, toute couverte en étoffe garnie de franges et de glands.

64 — Guéridon-support en chêne sculpté, dessous en marqueterie de bois.

65 — Deux lampes en bronze.

66 — Buste de femme, allégorie de l'Inconnue, en plâtre peint simulant le bronze vert.

67 — Deux jardinières en porcelaine moderne, décor bleu turquoise avec saillie à têtes de lions.

68 — Jardinière en faïence, décor polychrome.

69 — Bas-relief en terre cuite peinte, représentant le Saint Jean, d'après Donatello.

70 — Casque, bouclier, hache, masse d'armes et deux poignards, fac-similés d'armes anciennes.

71 — Table à ouvrage en acajou et bois rose, ornée de bronzes dorés. Style Louis XV.

72 — Petit bureau de dame, à étagère, en acajou sculpté.

73 — Armoire à glace en acajou, s'ouvrant à une porte.

74 — Petite table de nuit s'ouvrant à deux battants, décorée de marqueterie de bois à fleurs et ornée de bronzes dorés ; dessus en marbre blanc. Époque Louis XVI.

75 — Petite glace d'entre-deux biseautée, avec cadre à fronton en bois sculpté et doré. Époque Louis XVI.

76 — Petite table rectangulaire en chêne, à pieds tors.

77 — Pendule en marbre noir, forme arc de triomphe, ornée de bronzes dorés. Époque Empire.

78 — Petite suspension à trois lumières, monture en bronze émaillé.

79 — Potiche en faïence de Delft, décor bleu sur blanc.

80 — Deux vases avec couvercles en porcelaine de Corée, décor polychrome à médaillons.

81 — Plat oblong en cuivre repoussé avec médaillon, sujet champêtre. Style Louis XIV.

82 — Jardinière ovale en cuivre rouge à godrons avec vases à têtes de lions et anneaux mobiles. Époque Louis XIII.

83 — Paire de vases en faïence d'Urbino, décor à la Raphaël avec anses forme serpents enroulés.

84 — Beau meuble formant bureau à rabat, s'ouvrant dans le bas à deux portes et dans le haut formant vitrine, en bois d'acajou orné de cannelures et de filets de cuivre. Époque Louis XVI.

85 — Buffet-dressoir en bois d'acajou. Style Louis XVI.

86 — Table ovale à quatre pieds ralliés par un X, en bois d'acajou, avec développement à cinq rallonges et demi.

87 — Desserte à deux étagères en bois d'acajou.

88 — Douze chaises en bois d'acajou, couvertes en cuir brun capitonné.

89 — Table rectangulaire couverte en drap vert.

90 — Petit meuble dit cantine, en laque fine du Japon, fond aventuriné, décor à cigognes dans des paysages à rehauts d'or.

91 — Écran en acajou orné de filets de cuivre avec panneau en soierie brochée Louis XVI.

92 — Grande et belle pendule avec socle d'applique en vernis Martin fond rouge, décor à guirlandes de fleurs, richement ornée de bronzes. Époque Louis XV. Cadran signé *Causard, horloger du roi.*

93 — Fontaine en cuivre rouge repoussé, décor raphaélesque. Époque Louis XIII.

94 — Deux bustes en bronze, fonte à cire perdue. XVIIe siècle.

95 — Grille de cheminée en fer forgé. Style Louis XIV.

96 — Paire de grands chenets en cuivre poli. Style Louis XIII.

97 — Deux pichets en grès moderne montés en étain.

98 — Plusieurs plats en faïence ancienne de diverses fabriques.

99 — Vaisselle de table. (Sera divisé.)

100 — Petite potence en fer forgé, époque Louis XIII, formant timbre.

101 — Boîte à allumettes en bronze. Style Campana.

102 — Vide-poche en porcelaine de Saxe, décor bleu sur blanc.

103 — Statuette en terre cuite : le Petit Joueur de cor de chasse, de *Carpeaux*.

104 — Deux bouteilles en faïence de Castel-Durante, décorées de banderoles à inscriptions, de fleurs et de feuillages en polychrome. xviie siècle.

105 — Cannette en porcelaine moderne de Saxe, décor bleu.

106 — Boîte avec couvercle en bois sculpté de Chine.

107 — Grande fontaine en cuivre repoussé. Style Louis XIII.

108 — Coupe en émail cloisonné du Japon, fond vert à fleurs et feuillages.

109 — Pendule en bronze, partie dorée, représentant l'Amour discret. Époque de la Restauration.

110 — Belle armoire à glace en noyer, s'ouvrant à trois battants, dont deux à portes pleines sur les côtés, formant portemanteaux et casiers à chapeaux à l'intérieur, et garnie de tiroirs dans le bas, avec poignées en cuivre poli. Travail d'ébénisterie anglaise.

111 — Chiffonnier en palissandre, richement
orné de bronzes polis; dessus en marbre.
Époque Louis XIV.

112 — Armoire à glace biseautée s'ouvrant à une
porte, en palissandre ciré, avec tiroirs dans
le bas, à l'intérieur.

113 — Étagère en noyer sculpté, avec côtés
découpés à jour.

114 — Table à volets en acajou avec piétement,
forme lyre. Époque Empire.

115 — Table de nuit en chêne sculpté, à colonnes
torses.

116 — Table à ouvrage en palissandre, ornée
d'incrustations de cuivre et de nacre.

117 — Beau meuble-cabinet en bois sculpté et
guilloché, sur console, orné de cuivres re-
percés. Époque Louis XIII. Travail portugais.

118 — Beau bureau portugais. Même époque.

119 — Deux potiches en porcelaine, décor genre famille verte de Chine.

120 — Coffret à bijoux, en porcelaine de Saxe, décor à médaillons, encadrements à rehauts d'or.

121 — Statuette en bronze : Vénus de Milo.

122 — Deux vases en bronze japonais, décorés d'oiseaux et de paysages en relief.

123 — Petit lustre en cuivre. Style flamand du xvie siècle.

124 — Plusieurs tapis d'Orient. (Sera divisé.)

125 — Deux girandoles en bronze. Style Louis XV.

126 — Groupe de Saxe : Enlèvement d'Europe.

127 — Deux porte-bouquets en bronze et cristal.

128 — Lustre de Venise à huit lumières.

129 — Bureau s'ouvrant à dos d'âne, en bois rose et palissandre, orné de bronzes dorés. Louis XV.

130 — Meuble à deux corps, en marqueterie genre Boule, orné de bronzes et d'une glace dans le corps supérieur.

131 — Coupe en vieux Chine, montée en bronze.

132 — Divan avec coussins en drap vert et tapisseries au petit point. Style Louis XIII.

133 — Deux petites consoles, style Louis XV, en bois sculpté et doré.

134 — Meuble à deux corps, formant vitrine, en chêne sculpté. Style Louis XIII.

135 — Garniture de cheminée en bronze, partie argentée et marbre onyx, de Barbedienne.

136 — Glace biseautée, avec cadre en bois sculpté et doré.

137 — Trois paires de rideaux en damas de soie rouge.

138 — Six fauteuils et chaises, de formes variées, couverts en drap et tapisserie. (Sera divisé.)

139 — Cabinet en laque burgautée.

140 — Lit en bois sculpté, à colonnes torses.

141 — Armoire à glace en chêne sculpté.

142 — Petite commode Louis XVI, en marqueterie de bois, à fleurs, ornée de bronzes. Époque Louis XVI.

143 — Chiffonnier en bois noir, orné de cuivre.

144 — Rideaux de lit et de croisée, portières en étoffe de fantaisie.

145 — Chaise longue, fauteuil. Même étoffe.

146 — Petite commode Louis XVI, en bois rose et palissandre, ornée de bronzes.

147 — Garniture de cheminée en onyx d'Algérie et bronze de Barbedienne.

148 — Deux grandes chaises en cuir de Cordoue
et bois sculpté. Louis XIII.

149 — Bahut en chêne sculpté.

150 — Deux petits buffets-dressoirs en chêne
sculpté.

151 — Douze chaises en chêne sculpté, foncées
de canne.

152 — Table en chêne sculpté, forme ovale, à rallonges.

153 — Grand vase en porcelaine de Chine, riche
décor à paysage, monté en bronze doré.
Style Louis XV.

154 — Joli petit cartel en bronze doré à fleurs et
rocailles Louis XV.

155 — Plats et assiettes en porcelaine de Chine
et faïences diverses (Sera divisé.)

156 — Table en chêne sculpté à pieds tors.

157 — Suspension en bronze nickelé et doré.

158 — Deux appliques à deux lumières en faïence de Delft polychrome.

159 — Service de table de Sarreguemines.

160 — Deux plats de Delft polychrome.

161 — Deux plats de Castelli, décor paysages.

162 — Réchauds en plaqué.

163 — Verrerie, cristaux.

164 — Bel éventail, feuille à sujet mythologique, monture nacre à rehauts d'or. Époque Louis XV.

165 — Bijoux divers de fantaisie.

166 — Dentelles diverses.

167 — Trois grands tapis en moquette pour salon, petit salon et chambre à coucher. (Seront vendus séparément.)

168 — Quatre carpettes et tapis d'Orient, dessins variés.

169 — Décoration de lit composée de deux rideaux avec lambrequins à draperie et un couvre-lit en drap gris clair, orné d'application en drap havane de glands, et de passementeries assorties.

170 — Portière en drap brun garni de Karamanie.

171 — Tapis de Daghestan brodé, dessins multicolores.

172 — Encrier en porcelaine de Saxe.

173 — Plateau avec quatre pots à crème en Saxe.

174 — Deux cygnes en porcelaine de Saxe.

175 — Groupe de Saxe : le Pressoir.

176 — Groupe de Saxe : les Bûcherons.

177 — Groupe de Saxe : Enlèvement.

178 — Groupe de Saxe : Amours.

179 — Figurine de Saxe : Arbre et ancre.

180 — Figurine de Saxe tenant une corbeille.

181 — Figurine de Saxe tenant un chapeau et des fruits.

182 — Figurine de Saxe : Femme avec panier.

183 — Figurine de Saxe : Fumeur.

184 — Figurine de Saxe : Femme avec panier.

185 — Figurine de Saxe : Homme avec bouquet.

186 — Figurine de Saxe : Polichinelle.

187 — Figurine de Saxe : Colombine.

188 — Paon en Saxe.

189 — Paon en Saxe.

190 — Paire de vases, fond blanc à sujets Watteau, en porcelaine de Saxe.

191 — Treize figurines : Singes, Musiciens, en Saxe.

192 — Groupe de Saxe : Chasseurs.

193 — Deux figurines de Saxe : Enfants avec serpettes.

194 — Deux figurines de Saxe : Paniers de fleurs.

195 — Figurine de Saxe : Jardinier avec hotte.

196 — Figurine de Saxe : Enfant au chapeau.

197 — Figurine de Saxe : Bûcheron.

198 — Figurine de Saxe : Mercure.

199 — Figurine de Saxe : Guillaume Tell.

200 — Groupe de Saxe : Renard au piano.

201 — Groupe de Saxe : Buveur.

202 — Paire de cache-pots en Saxe.

203 — Deux porte-plats en Saxe.

204 — Boîte à allumettes en Saxe.

205 — Pot à tabac en Saxe.

206 — Groupe de Saxe : Femme et guitare.

207 — Jolie coupe en marbre onyx, monture en
bronze doré et émaillé.

208 — Groupe en bronze : Flore et l'Amour, de
Pradier.

209 — Statuette en bronze : Montagnard italien,
de Pradier.

MEUBLES COURANTS — OBJETS DIVERS

210 — Grand lit en fer, garni de cretonne jaune à fleurs, avec sa literie.

211 — Fauteuil en paille avec coussin et garniture en broderie.

212 — Deux chaises en bois laqué noir, dessus en tapisserie.

213 — Galerie de foyer en cuivre poli.

214 — Pare-étincelles, formé par un grillage en fer.

215 — Suspension à gaz à une lumière.

216 — Petite glace avec cadre en bambou.

217 — Toilette en pitchpin avec sa garniture en porcelaine.

218 — Deux tabourets en paille.

219 — Toilette en noyer, dessus et tablette en
marbre blanc.

220 — Étagère en acajou avec tablette en marbre
et foncée de canne.

221 — Deux lits jumeaux d'enfants, en fer, avec
leur literie.

222 — Séchoir en merisier.

223 — Grand fauteuil couvert en molesquine.

224 — Deux petits fauteuils d'enfants et deux
chaises en bois recourbé.

225 — Chaise en paille avec haut dossier en bois
découpé.

226 — Chevalet en bois blanc avec tableau d'é-
tude.

227 — Galerie de foyer en cuivre poli.

228 — Pare-étincelles formé par un grillage en
fer.

229 — Timbre en bois peint couleur chêne.

230 — Table pliante en chêne.

231 — Banquette formant coffre.

232 — Table à jeu en noyer et bois noir.

233 — Marchepied.

234 — Glace avec encadrement en étoffe.

235 — Glace avec cadre en noyer.

236 — Toilette en noyer avec dessus et tablette en marbre blanc.

237 — Pelle et pincettes avec plateau en cuivre.

238 — Glace avec cadre en noyer.

239 — Paravent à quatre feuilles, en cretonne bleue.

240 — Trois garnitures de croisées en cretonne.

241 — Trois lits en fer avec leur literie.

242 — Chiffonnier en acajou.

243 — Table de nuit en acajou.

244 — Toilette anglaise en acajou.

245 — Poêle mobile.

246 — Lanterne orientale.

247 — Meubles divers.

248 — Coffre à bois, couvert en drap, et bandes de tapisserie.

249 — Chaise fumeuse, couverte en drap vert orné de broderies appliquées.

LIVRES

250 — Fort lot de livres. Ouvrages divers. (Sera divisé.)

251 — Romans, littérature.

BATTERIE DE CUISINE

252 — Nombreuses casseroles et accessoires en cuivre, fer-blanc et fer battu.

CAVE

253 — Sept porte-bouteilles en fer. (Sera divisé.)

254 — Objets non catalogués.